Pour Wilko
Edith

Pour Pierre-Alexandre Voets
Rascal

Loi numéro 49 956 du 16 juillet 1949 sur les publications
destinées à la jeunesse : septembre 1992
Dépôt légal : janvier 1997
Imprimé en France par Aubin Imprimeur à Poitiers

Rascal

Jaune d'œuf

Illustrations d'Edith

Pastel
l'école des loisirs
11, rue de Sèvres, Paris 6e

Lucas s'est mis en tête de me trouver un compagnon…
Vous parlez d'une idée !
Je ne demande rien à personne, moi !

« Il te faudrait un camarade,
Ronron… Une tortue ferait l'affaire,
tu ne trouves pas ? »
« C'est bien trop lent pour moi, Lucas ! »

« Un poisson rouge, peut-être ? »
« Ça n'a pas de conversation ! »
« Un canari, alors ? »
« Oh non ! Un oiseau en cage, c'est trop triste ! »
« Je sais ce qui te conviendrait, Ronron : un chien !
Un beau petit chien… »
« J'ai sommeil, Lucas, nous en reparlerons demain. »

Ce matin, Lucas est entré tout excité dans la chambre :
« Ronron, réveille-toi ! Viens vite voir le petit poussin que j'ai gagné à la fête foraine. Il est beau comme un soleil ! Allez, debout, paresseux ! Regarde-le, il s'appelle Picoti. Mes parents disent que tu n'en feras qu'une bouchée. Dis-moi que ce n'est pas vrai, Ronron… »

« Moi, manger un poussin à peine sorti de l'œuf !
C'est mal me connaître. Des souris, des mulots,
des rats… voilà des adversaires à ma taille !
Mais pour qui me prend-on dans cette maison ? »

« Ronron, Picoti ! C'est magnifique ! Vous vous êtes déjà adoptés ! »
« Adoptés, tu exagères… C'est ce Picoti qui s'est réfugié
au creux de mes griffes ! Mais après tout, un si petit poussin,
ça ne peut pas être pire qu'un chien. »

Picoti est bien pratique pour ramasser les miettes sous la table ! Et dans peu de temps, la maman de Lucas nous fera des gâteaux avec ses œufs… Mmm, des clafoutis, des brioches, des crêpes aux pommes… J'en salive déjà !

Il ne se nourrit pas que de miettes, ce Picoti.
Quel appétit pour un si petit poussin !
Enfin, plus vite il grandira, plus vite nous aurons des œufs…

Picoti ne me lâche plus d'une semelle.
Je suis la risée des chats du quartier.
« Hé, Ronron, c'est à toi ce jaune d'œuf ? »
« Tu promènes ton casse-croûte, Ronron ? »
« Et s'il me plaît, à moi, ce petit jaune d'œuf ?
Je me fatigue à faire son éducation…
En vain ! Picoti n'en fait qu'à sa tête ! »

Lucas m'avait promis un compagnon d'aventures…
Eh bien, c'est raté ! Picoti passe ses journées à manger lombrics, miettes, graines, tout y passe, même ma pâtée !
Quand je suis trop en colère contre lui, je pense aux gâteaux.
Mais toujours pas le moindre petit œuf à l'horizon !

De temps en temps, Lucas et moi lui faisons peur…
« Eh, Picoti, si tu continues de grossir ainsi,
tu finiras à la broche ! »
Mais Picoti sait qu'il n'a rien à craindre
puisque nous l'aimons.
Il peut grandir tout à son aise…

Chaque soir, nous allons dormir tous les trois…
Lucas, Picoti et moi. Depuis peu, Picoti nous pose toujours la même question : « À propos, les gars, je vous réveille à quelle heure, demain ? »

« Comme d'habitude, mon poussin ! »